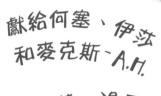

獻給何塞、伊莎
和麥克斯－A.H.

獻給艾薇、湯馬斯
和愛蜜莉亞－N.S.

小野人 57
THAT'S MY FLOWER!

不要碰我的小花！

【森林動物的季節故事書❷-春天來了】
（3～9歲抱緊緊萌萌繪本）

作　者　愛麗絲·海明 Alice Hemming
繪　者　妮可拉·史萊特 Nicola Slater

野人文化股份有限公司
社　長　張瑩瑩
總 編 輯　蔡麗真
副 主 編　徐子涵
責任編輯　陳瑞瑤
行銷經理　林麗紅
行銷企畫　蔡逸萱、李映柔
封面設計　周家瑤
內頁排版　洪素貞

讀書共和國出版集團
社　長　郭重興
發 行 人　曾大福

出　版　野人文化股份有限公司
發　行　遠足文化事業股份有限公司
　　　　地址：231 新北市新店區民權路 108-2 號 9 樓
　　　　電話：（02）2218-1417　傳真：（02）8667-1065
　　　　電子信箱：service@bookrep.com.tw
　　　　網址：www.bookrep.com.tw
　　　　郵撥帳號：19504465 遠足文化事業股份有限公司
　　　　客服專線：0800-221-029
法律顧問　華洋法律事務所　蘇文生律師
印　製　凱林彩印股份有限公司
初版首刷　2023 年 5 月

國家圖書館出版品預行編目 (CIP) 資料

不要碰我的小花！：森林動物的季節故事書．2：春天來
了 / 愛麗絲．海明作；妮可拉．史萊特 (Nicola Slater) 繪．
-- 初版． -- 新北市：野人文化股份有限公司出版：遠足
文化事業股份有限公司發行，2023.05
　　面；　公分
譯自：That's my flower.
ISBN 978-986-384-840-0(精裝)

1.SHTB: 圖畫故事書 --3-6 歲幼兒讀物

873.599　　　　　　　　　　　　　　　111022250

Text © Alice Hemming, 2023
Illustrations © Nicola Slater, 2023
first published in the UK by Scholastic Ltd

不要碰我的小花！

野人文化　　　野人文化　　　線上讀者回函專用
官方網頁　　　讀者回函　　　QR CODE，你的寶
　　　　　　　　　　　　　　貴意見，將是我們
　　　　　　　　　　　　　　進步的最大動力。

THAT'S MY
FLOWER!

不要碰我的
小花！

愛麗絲·海明（Alice Hemming）著
妮可拉·史萊特（Nicola Slater）繪

「全新的一天，**你好**。

太陽公公，**你好**。

可愛的葉子，**你好**！

很高興再次見到你。」

咕咕咕！

「等一下……那是什麼？」

嗡嗡嗡！

「那又是什麼？」

「鳥哥！」

小松鼠，怎麼啦？

「鳥哥，森林突然變得**好熱鬧**。
我聽見**咕咕**聲、**嗡嗡**聲，
還有一隻尾巴長長的鳥，
差點打到我的眼睛！」

「聽起來，你應該是聽到啄木鳥的咕咕聲，
蜜蜂的嗡嗡聲，還看見了燕子。
這些都表示：春天來了。」

春天……

大家都喜歡春天嗎？

「當然囉。」

「鳥哥，你看！
這朵小黃花開了，真漂亮，
看起來像小太陽。」

小松鼠，花開也表示：
春天來了。

「對耶，你說得沒錯，那我也喜歡春天！
對了，鳥哥，這朵小花
長在你的樹跟我的樹中間，
但是……離我的樹比較近，
所以小花是我的，對吧？」

……好吧，
應該是吧。

第二天早上……

你在做什麼？

「鳥哥，風太大了！
我不想讓我的小花
像秋天的葉子那樣被風吹走。」

小松鼠，
小花不會被吹走，
他很強壯的。

「我知道，只是小心起見嘛。」

這次又怎麼了？

「我不希望
我的小花淋濕。」

「但小花需要水才能長大，
花就是要淋雨啊！」

「原來如此，我真傻！」

「那隻蜜蜂
居然在**吃**我的小花！
真是**不敢相信**！」

「不，小松鼠，
蜜蜂只是在採花蜜，
這對小花和蜜蜂都是好事。」

「小松鼠，
我知道你喜歡小花，
但小花並不是你一個人的。」

什麼？
那小花是誰的？

「這是一朵野花。

每個人都可以欣賞他。」

「我知道，但我還是
不想要冒險。

我就是要把我的小花
藏在這裡才安全。」

到了下午……

「鳥哥！

我的小花

好像不太對勁。」

「天啊，小松鼠。」

「它會不會死掉？」

「希望不會。
你要給小花一點陽光、
空氣跟空間。」

到了晚上……

「我到底做了什麼？
希望我的小花平安無事。
不然我根本睡不著。」

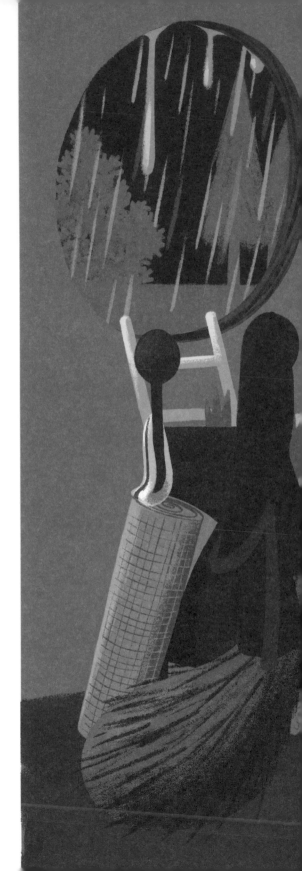

但一瞬間……

ZZZZZZZZZZZZZZZ.

第四天早上……

「哇，鳥哥！

哇！

這些小花都是從哪裡來的？」

「現在每個人都可以擁有自己的小花了！

但我的小花還是我的。

看見沒，我的小花就在那兒。」

呃……

我們的小花

「小花不屬於任何人。」

正如鳥哥所說，野花是大家的，不屬於任何人。
看見生長在野外的小花時，你可以觀賞、拍照和畫下來，都很有趣。
只要細心尋找，隨時隨地都能發現小花。

小花也有生命

「*花就是要淋雨啊！*」

花是植物的一部分，植物和人一樣，
需要陽光、水、空氣和食物才能生存和成長。
只不過植物不像我們需要吃東西，
而是用太陽的能量轉化成食物。

小花會吸引動物幫忙授粉

「那隻蜜蜂居然**吃**我的小花。」

故事中，蜜蜂其實在採花蜜，用來做成蜂蜜。
蜜蜂也會採集花粉，在花叢間穿梭的同時可以傳播花粉，幫助植物生長。
小花的美麗外觀和香味，都是為了吸引蜜蜂、蝴蝶等授粉昆蟲，
以及小鳥、蝙蝠等授粉動物。

小花的好處多多

能讓植物生生不息，也能為許多昆蟲、小鳥、動物，
甚至人類提供食物來源。
花也能入藥，而欣賞花朵也總能讓人心曠神怡。

如何和小花做朋友

🌸 學習認識花：找出花的名字，
並了解它喜好的生長環境。
🌸 如果家裡有花園、陽臺或窗臺，
可以自己動手種花。
🌸 鼓勵親友在花園預留野花生長的空間。
🌸 打造你自己的昆蟲旅館。

春神來了怎知道？

小松鼠看到蜜蜂、小燕子和啄木鳥，
這些表示春天來了。
你還想得到其他春天來臨的象徵嗎？